兒童文學叢書

·藝術家系列·

半夢幻半真實

天真的大孩子盧梭

陳永秀／著

三民書局

國家圖書館出版品預行編目資料

半夢幻半真實：天真的大孩子盧梭／陳永秀著.－－二
版一刷.－－臺北市：三民，2011
面；　公分.－－(兒童文學叢書・藝術家系列)

ISBN 978-957-14-3429-2　(精裝)

1.盧梭(Rousseau, Henri, 1844-1910)－傳記－通俗
作品

859.6

© 半夢幻半真實
　　　——天真的大孩子盧梭

著 作 人　陳永秀
發 行 人　劉振強
著作財產權人　三民書局股份有限公司
發 行 所　三民書局股份有限公司
　　　　　地址　臺北市復興北路386號
　　　　　電話　(02)25006600
　　　　　郵撥帳號　0009998-5
門 市 部　(復北店)臺北市復興北路386號
　　　　　(重南店)臺北市重慶南路一段61號
出版日期　初版一刷　2001年4月
　　　　　二版一刷　2011年1月
編　　號　S 855741

行政院新聞局登記證局版臺業字第○二○○號

有著作權・不准侵害

ISBN　978-957-14-3429-2　(精裝)

http://www.sanmin.com.tw　三民網路書店
※本書如有缺頁、破損或裝訂錯誤，請寄回本公司更換。

攜·手·同·行

（主編的話）

　　孩子的童年隨著時光飛逝，我相信許多家長與關心教育的有心人，都和我有一樣的認知：時光一去不復返，藝術欣賞與文學的閱讀嗜好是金錢買不到的資產。藝術陶冶了孩子的欣賞能力，文學則反映了時代與生活的內容，也拓展了視野。有如生活中的陽光和空氣，是滋潤成長的養分。

　　民國 83 年，三民書局董事長劉振強先生，有心於兒童心靈的開拓，並培養兒童對藝術與文學的欣賞，因此不惜成本，規劃出版一系列以孩子為主的讀物，我有幸擔負主編重任，得以先讀為快，並且隨著作者，深入藝術殿堂。第一套全由知名作家撰寫的藝術家系列，於民國 87 年出版後，不僅受到廣大讀者的喜愛，並且還得到行政院新聞局第四屆小太陽獎和文建會年度最佳少年兒童讀物獎。

　　繼第一套藝術家系列：達文西、米開蘭基羅、梵谷、莫內、羅丹、高更……等大師的故事之後，歷時 3 年，第二套藝術家系列，再次編輯成書，呈現給愛書的讀者。與第一套相似，作者全是一時之選，他們不僅熱愛藝術，更關心下一代的成長。以他們專業的知識、流暢的文筆，用充滿童心童趣的心情，細述十位藝術大師的故事，也剖析了他們創作的心路歷程。用深入淺出的筆，牽引著小讀者，輕輕鬆鬆的走入了藝術大師的內在世界。

　　在這一套書中，有大家已經熟悉的文壇才女喻麗清，以她婉約的筆，寫了「拉斐爾」、「米勒」，以及「狄嘉」的故事，每一本都有她用心的布局，使全書充滿令人愛不釋手的魅力；喜愛在石頭上作畫的陳永秀，寫了天真可愛的「盧梭」，使人不禁也感染到盧梭的真誠性格，更忍不住想去多欣賞他的畫作；用功而勤奮的戴天禾，用感性的筆寫盡了「孟克」的一生，從孟克的童年娓娓道來，

讓人好像聽到了孟克在名畫中「吶喊」的聲音，深刻難忘；主修藝術的嚴喆民，則用她專業的美術知識，帶領讀者進入「拉突爾」的世界，一窺「維梅爾」的祕密；學設計的莊惠瑾更把「康丁斯基」的抽象與音樂相連，有如伴隨著音符跳動，引領讀者走入了藝術家的生活裡。

第一次加入為孩子們寫書的大朋友孟昌明，從小就熱愛藝術，困窘的環境使他特別珍惜每一個學習與創作的機會，他筆下的「克利」栩栩如生，彷彿也傳遞著音樂的和鳴；張燕風利用在大陸居住的十年，主修藝術史並收集古董字畫與廣告海報，她所寫的「羅特列克」，像個小巨人一樣令人疼愛，對於心智寬廣而四肢不靈的人，這是一本不可錯過的好書。

讀了這十本包括了義、法、荷、德、俄與挪威等國藝術大師的故事後，也許不會使考試加分，但是可能觸動了你某一根心弦，發現了某一內在的潛能。當世界越來越多元化之後，唯有閱讀，我們才能聽到彼此心弦的振盪與旋律。

讓我們攜手同行，走入閱讀之旅。

♪ 簡 宛

本名簡初惠，國立臺灣師範大學畢業，曾任教仁愛國中，後留學美國，先後於康乃爾大學、伊利諾大學修讀文學與兒童文學課程。1976 年遷居北卡州，並於北卡州立大學完成教育碩士學位。

簡宛喜歡孩子，也喜歡旅行，雖然教育是專業，但寫作與閱讀卻是生活重心，手中的筆也不曾放下。除了散文與遊記外，也寫兒童文學，一共出版三十餘本書。曾獲中山文藝散文獎、洪建全兒童文學獎，以及海外華文著述獎。最大的心願是所有的孩子都能健康快樂的成長，並且能享受閱讀之樂。

作・者・的・話

　　當簡宛約我寫盧梭時，我馬上想到他那張〈睡著的吉普賽女郎〉。三十多年前，我在紐約現代美術館看到這張畫時，那溫馴得像隻大狗的獅子和酣睡的黑女人讓我印象深刻，我想獅子一定不餓，否則，那個黑女人還會睡得那麼甜嗎？

　　現在看了盧梭的傳記，才了解他是位充滿了幻想的人，他的畫超越現實，帶我們進入一個夢幻的世界，在那裡沒有紛爭，最兇猛的和最溫柔的可以和平共處。

　　他雖然喜歡幻想，卻不是一位只會畫畫不懂生活的藝術家，他當過兵，做過海關檢查員，規規矩矩、腳踏實地賺錢養家，有空閒就畫，我很佩服他能夠一面做無聊的檢查工作，一面畫有趣的畫，該工作時工作，該畫畫的時候畫畫，海關老闆還很欣賞他呢！他的太太、孩子、孫女，更是愛他。

　　他又很懂事，小時候家裡窮，雖然喜歡畫畫，卻不敢要求父母送他去藝術學校，自己找許多書來學習，研究該怎樣畫，但因不懂透視法又不懂人體解剖學，雖然每次畫人都左量右量的，可是畫出來的人卻大頭、肥腰、粗腿，猛一看，令人啼笑皆非，「誰家女兒這麼胖？誰家男孩這麼醜？」但他畫的人有趣，耐人尋味，沒有學院派的框框，他反而無拘無束，自由自在，像孩子般高興怎樣畫就怎樣畫，使他的畫超脫世俗的標準。

　　我欣賞他的固執和他的信心，他最初的畫遭受許許多多批評，譏笑他，嘲笑他，說他的畫太幼稚可笑，他聽了無動於衷，既不生氣也不沮喪，只信心十足對自己說：「這些人有眼不識泰山，終有一天他們會看出我創造出來的畫風是獨一無二的。」

終於，他等到這一天了，他的畫被大眾接受，終於，愈來愈多的人欣賞他的畫，詩人寫詩歌頌他，評論家寫文章讚揚他，畫家和他惺惺相惜，但他還是他，那位與世無爭的大孩子，總是高高興興尋找新資料，然後興致勃勃的畫在帆布上。

他畫的畫很多，除了拿去參加展覽外，其他的就便宜的賣給市井老百姓，他逝世後多年，有人在一個小小的修水管店找到這張〈睡著的吉普賽女郎〉，然後用很貴很貴的價錢賣給紐約現代美術館，盧梭在天上若看見了，一定會笑得合不攏嘴：「看！我沒說錯吧！」

盧梭對畫畫鍥而不捨的精神給我一個很好的榜樣，而我更愛他那顆孩子般清清澈澈、純純淨淨的心，他用他的一生，證明了「有志者事竟成」，我們能不好好努力嗎？

陳永秀

♪ 陳永秀

我從小喜歡畫畫，每次上美術課就特別快樂；我也喜歡唱歌，但只是隨便唱唱，並沒有特殊天分。

我怕數學，更怕物理，但不巧愛我的父親對我殷殷勸導：「你要讀理工，有一技之長。」父命不可違，我只好硬著頭皮，找家教，去惡補，才進了成功大學的化工系，後來又讀了化學研究所，但六年的教育我只做了一年的化驗工作而已。

在一次偶然的機會，我寫了幾首兒歌，又為這幾首兒歌配了插圖。「這，才是我最喜歡做的事。」我快樂的自言自語，愈寫愈多，愈畫愈起勁，三本兒歌（《鳳凰與竹雞》、《雪花飄》、《貓咪的歌》）、三本童話（《麵人的故事》、《蘑菇鄉》、《大白奇遇記》）相繼出版，1998 年寫了一本給兒童看的藝術家傳記《孤傲的大師——追求完美的塞尚》，另外還有一本童詩集《花、鳥、蟲、魚》在大陸出版。

從此，我走上兒童文學的不歸路。

盧梭

Henri Rousseau

1844~1910

Henri Rousseau

天使肩上站了隻小小鳥
啾啾的讚美可愛的盧梭
可愛的盧梭你是那天使
你是那讚美你的小小鳥

——詩人阿波林耐爾

海關大臣盧梭

　　一八四四年，在法國巴黎郊外的一個美麗小城拉佛鎮，小盧梭來到這個世界。他們家住在一座中世紀的高樓裡，爸爸在樓下開了一間五金行。小盧梭的爸爸媽媽都很嚴肅，不苟言笑。爸爸忙著做生意，媽媽熱心於教會的事，小姐姐變成了小保姆，扶著小盧梭學走路，餵他吃飯。姑姑諾薇也常來家裡幫忙，小盧梭最喜歡聽姑姑說故事了，森林裡迷路的小孩被好心的狼群養大的故事，小盧梭百聽不厭。

　　他還喜歡站在陽臺上看伐木工人走進森林裡，似懂非懂的聽著大人們討論雜誌上刊登有關「保護森林」的文章:「聽著，伐木的人，快把你的胳臂放下。那些你們要砍的不是樹呀！她們是住在樹椿上的女神，沒看見她們的血流了一地嗎？」因此，小盧梭長大後特別愛畫樹，對樹有一種特別的情感。

♪ 鄉村的婚禮，約 1905 年，油彩、畫布，163 × 114cm，法國巴黎橘園美術館藏。

八歲時，爸爸投資房地產失敗，只好把高樓賣了，五金行也關門大吉，逼得他們狼狽的離開他出生的家。小盧梭好傷心呀！他在這房子裡玩過、作過夢……

　　在鄉下找不到事做，爸爸、媽媽只好到巴黎工作。他們把小盧梭留在拉佛鎮的親戚家，因為他們認為拉佛的學校比城裡的好。

椅子工廠，約 1897 年，油彩、畫布，73×92cm，法國巴黎橘園美術館藏。

5

小盧梭才八歲，怎麼會了解大人的想法呢？他變得沉默孤獨，但也學得非常自立，會安排自己的生活。有一次，他餓得發慌，乾脆在牆上畫了個大洋蔥，旁邊還寫著：「我最喜歡吃油炸洋蔥。」很像中國人「畫條魚、看一眼、扒一口飯」的道理。

　　後來，小盧梭會自己看書了，他找了許多冒險家航海探險的故事來看。書上說熱帶森林裡的猴子，黑黑的臉旁一圈灰白的毛，長尾巴鉤在樹枝上，倒掛在那裡搖呀搖呀，是多麼快活自在。從小就喜歡作白日夢的盧梭，想像著森林裡的猴子吱吱喳喳的喧鬧，配合鳥兒啾啾的叫聲，加上樹林裡的回音……好熱鬧、好熱鬧喔，如果眼睛可以聽、耳朵還可以看的話，那幻想就更豐富了……

　　可是在學校，小盧梭的成績一點也不好，除了音樂和美術，其他的科目他一概不喜歡，他多希望自己變成魯賓遜，漂呀漂的漂到一個孤島上，在那裡，就沒人逼他念書了，他可以大聲歌唱，可以一天到晚畫畫。

　　盧梭雖然喜歡畫畫，但是卻很懂事。他知道家裡很窮，不會讓他去學畫，因此早早就出去工作，自力更生。他曾經做過

♫ 異國風景，1908 年，油彩、畫布，116 × 89cm，私人收藏。

♪ 砲兵隊，1893～1895 年，油彩、畫布，79×99cm，美國紐約古金漢美術館藏。
你注意到了嗎？14 個砲兵長得一模一樣，原來全是盧梭的翻版，只有衣服和配件不同而已，這就是盧梭幽默的地方。

律ㄌㄩˋ師ㄕ的ㄉㄜ˙書ㄕㄨ記ㄐㄧˋ，還ㄏㄞˊ當ㄉㄤ過ㄍㄨㄛˋ兵ㄅㄧㄥ。後ㄏㄡˋ來ㄌㄞˊ，在ㄗㄞˋ海ㄏㄞˇ關ㄍㄨㄢ檢ㄐㄧㄢˇ查ㄔㄚˊ站ㄓㄢˋ當ㄉㄤ一ㄧˋ個ㄍㄜˋ小ㄒㄧㄠˇ檢ㄐㄧㄢˇ查ㄔㄚˊ員ㄩㄢˊ，檢ㄐㄧㄢˇ查ㄔㄚˊ那ㄋㄚˋ些ㄒㄧㄝ從ㄘㄨㄥˊ鄉ㄒㄧㄤ下ㄒㄧㄚˋ帶ㄉㄞˋ蔬ㄕㄨ果ㄍㄨㄛˇ到ㄉㄠˋ巴ㄅㄚ黎ㄌㄧˊ賣ㄇㄞˋ的ㄉㄜ˙農ㄋㄨㄥˊ夫ㄈㄨ有ㄧㄡˇ沒ㄇㄟˊ有ㄧㄡˇ交ㄐㄧㄠ稅ㄕㄨㄟˋ。

他ㄊㄚ的ㄉㄜ˙工ㄍㄨㄥ作ㄗㄨㄛˋ很ㄏㄣˇ輕ㄑㄧㄥ鬆ㄙㄨㄥ，有ㄧㄡˇ很ㄏㄣˇ多ㄉㄨㄛ空ㄎㄨㄥˋ閒ㄒㄧㄢˊ，正ㄓㄥˋ好ㄏㄠˇ可ㄎㄜˇ以ㄧˇ利ㄌㄧˋ用ㄩㄥˋ這ㄓㄜˋ些ㄒㄧㄝ時ㄕˊ間ㄐㄧㄢ畫ㄏㄨㄚˋ畫ㄏㄨㄚˋ。他ㄊㄚ把ㄅㄚˇ畫ㄏㄨㄚˋ好ㄏㄠˇ的ㄉㄜ˙作ㄗㄨㄛˋ品ㄆㄧㄣˇ

送去展覽，慢慢的也認識不少藝文界的朋友，他們知道他在海關做事，就給他戴高帽子，叫他「海關大臣」，盧梭覺得蠻好玩的，心裡也有點洋洋得意。

海關，1890
年，油彩、畫
布， 40.6 ×
32.8cm，英國
倫敦科特爾美
術研究所藏。

盧梭的家庭

盧梭結過兩次婚，第一任太太克麗美思為他生了好幾個孩子，但其中七人都因病死亡，只剩下一個女兒。他很愛克麗美

♪盧梭為第一任太太克麗美思作的華爾滋舞曲〈克麗美思〉。

♪ 婦人肖像，1895～
1897年，油彩、畫
布，198×115cm，
法國巴黎奧塞美術
館藏。
畫中的婦人就是盧梭
的第一任太太克麗美
思，這是克麗美思去
世後才畫的。

思ㄙ，後ㄏㄡˋ來ㄌㄞˊ克ㄎㄜˋ麗ㄌㄧˋ美ㄇㄟˇ思ㄙ生ㄕㄥ病ㄅㄧㄥˋ去ㄑㄩˋ世ㄕˋ，盧ㄌㄨˊ梭ㄙㄨㄛ非ㄈㄟ常ㄔㄤˊ難ㄋㄢˊ
過ㄍㄨㄛˋ，常ㄔㄤˊ常ㄔㄤˊ想ㄒㄧㄤˇ到ㄉㄠˋ她ㄊㄚ那ㄋㄚˋ雙ㄕㄨㄤ溫ㄨㄣ柔ㄖㄡˊ體ㄊㄧˇ貼ㄊㄧㄝ的ㄉㄜ˙眼ㄧㄢˇ睛ㄐㄧㄥ，深ㄕㄣ
情ㄑㄧㄥˊ款ㄎㄨㄢˇ款ㄎㄨㄢˇ的ㄉㄜ˙看ㄎㄢˋ著ㄓㄜ˙他ㄊㄚ。他ㄊㄚ為ㄨㄟˋ克ㄎㄜˋ麗ㄌㄧˋ美ㄇㄟˇ思ㄙ寫ㄒㄧㄝˇ了ㄌㄜ˙一ㄧˋ首ㄕㄡˇ
歌ㄍㄜ，就ㄐㄧㄡˋ叫ㄐㄧㄠˋ〈克ㄎㄜˋ麗ㄌㄧˋ美ㄇㄟˇ思ㄙ〉，每ㄇㄟˇ次ㄘˋ宴ㄧㄢˋ會ㄏㄨㄟˋ時ㄕˊ，他ㄊㄚ
都ㄉㄡ會ㄏㄨㄟˋ拿ㄋㄚˊ起ㄑㄧˇ小ㄒㄧㄠˇ提ㄊㄧˊ琴ㄑㄧㄣˊ又ㄧㄡˋ拉ㄌㄚ又ㄧㄡˋ唱ㄔㄤˋ的ㄉㄜ˙。

十多年後，他又結婚了，和第二任太太約瑟芬也相親相愛，但是不到四年，約瑟芬也因病死亡。幸好盧梭的女兒、孫女常常陪伴著他，共享天倫之樂。

　　很多年後，盧梭的孫女說起她心目中的好外公，仍然念念不忘：

　　「從小，外公就是我最好的玩伴，看見他我樂不可支，他看見我也樂不可支。如果不是他戴著領帶和帽子，我還以為他

畫家自畫像，1900～
1903 年，油彩、畫布，
24×19cm，法國巴黎
畢卡索博物館藏。

和我一般大呢！他其實比我還要孩子氣，每次帶我出去都玩得很瘋、很痛快。

「在學校裡，如果我覺得無聊，一定偷偷學外公畫他畫上的那些野生植物，他的畫那時已經很受人注意，但對我來說，他有沒有名氣一點也不重要，只要他來找我玩，和我一起說說笑笑，我就快樂得像神仙了。外公和我永遠相親相愛。」

第二任妻子的畫像，
1900～1903 年，油彩、
畫布，22×17cm，法國
巴黎畢卡索博物館藏。

朋友眼中的盧梭

　　盧梭在海關只工作到四十幾歲就退休了，因為他想全心畫畫。看著自己的畫在沙龍中展出，高高的掛在牆上，讓許多人欣賞，是一件多麼令人高興的事啊！

　　有一天，盧梭正在沙龍裡欣賞自己的畫，旁邊來了個年輕人站在那兒看，他好奇的問這年輕人：「你覺得這畫怎樣？」年輕人說：「這畫太棒了，畫畫的人好有創意，你看！它就是和別人的畫不一樣，獨具一格。請問，你是……」盧梭連忙回答：「我就是畫這畫的人。」年輕人聽了大喜：「我真是有眼不識泰山。」

　　原來這年輕人叫傑里，是位藝術評論家和詩人。不用說，第二天報上就登了一篇讚美盧梭的文章，這一老一少便成了好朋友，傑里覺得盧梭一身都是藝術細胞，對他非常佩服。

　　盧梭和傑里兩人的性格完全不同，盧

♫ 嘉年華會之夜，1886 年，油彩、畫布，117.3×89.5cm，美國賓州費城美術館藏。

梭規規矩矩，喜歡寫詩，喜歡音樂，喜歡畫畫，過的是清清爽爽、勤勉奮發的家庭生活；而傑里呢？玩世不恭，愛喝酒，狂放，生活隨隨便便。

有一次，傑里要盧梭為他畫張肖像，盧梭為求真實，拿支畫筆比量傑里的鼻子多長、耳朵多長、嘴多寬，又拿著各種顏色去比對傑里的膚色，因為傑里和他的寵物變色蜥蜴難分難捨，他也把蜥蜴畫在畫裡，他這麼認真為好友畫像，可是畫完了之後，傑里卻毫不在乎的把自己的肖像當靶打，砰砰砰上面全是洞。這種朋友值得交往嗎？你若問盧梭，他一定會忙不迭的點頭說「絕對值得」。

傑里年輕、生氣勃勃，經常給盧梭打氣，陪著他畫那種很大、很複雜的畫，如〈戰爭〉。如果傑里在一旁鼓勵，盧梭便畫得更起勁，也更有信心，傑里一走開，盧梭反而有點手足無措。

傑里交遊很廣，認識許多文藝圈內的人，他把盧梭帶進圈子裡，慢慢的，盧梭也交了幾個文藝界的朋友，如詩人阿波林耐爾、畫家畢卡索等。

傑里和阿波林耐爾都幫助盧梭走出畫畫時的孤立，帶他加入藝術團體，他們倆

♩ 戰爭，約 1895 年，石版畫，21.5×32.5cm，美國華盛頓國家畫廊藏。

都常寫讚美盧梭的文章和詩，使他更有信心，更可以不理會那些嘲笑批評他的人，他的畫也愈畫愈好。

阿波林耐爾對他這個天使般的朋友非常愛慕，他說：「很少有人像盧梭這麼純潔和氣，不和人斤斤計較，他那股天真勁兒簡直和孩子一樣，使他的畫有種獨特的趣味，還有一種與世無爭的氣氛。我常常看他畫畫，他還是一個非常細心的人呢！」

戰爭，1894 年，油彩、
畫布，114 × 195cm，
法國巴黎奧塞美術館
藏。

♫
啟發詩人的繆思女神，
1909 年，油彩、畫布，146
×97cm，瑞士巴賽爾美術
館藏。

盧梭畫的是他的好友詩人
阿波林耐爾和他的女友瑪
麗亞， 瑪麗亞也是一位畫
家，她右手指著天，就是說
靈感全從天上女神那兒得
來的。

阿波林耐爾說盧梭為了畫
他， 還用一條皮尺量他的
頭、耳朵、鼻子、嘴巴、身
體，甚至額頭，好像是一個
裁縫師要為人量身製衣一
般。盧梭畫完以後，還把畫
拿去裱框， 框得好好的才
送去給阿波林耐爾，但阿
波林耐爾一看，卻生氣的
說：「怎麼把我畫得那麼
醜，把瑪麗亞畫得更醜！」
但所有看過的朋友都說畫
得很像， 最後阿波林耐爾
也只好接受了。

詩人包德來爾曾這樣說:「盧梭真容易陶醉，看見好風景，他會陶醉；看見喜歡的人，他會陶醉；看一本好雜誌，他也會陶醉，他陶醉時就像小孩一般高興。耶穌曾對門徒說:『你們要像孩子般的天真，否則進不了天國。』我看盧梭將來一定可以進天國。」

他也寫了一首詩描述盧梭：

那個愛上地圖的孩子，
只有宇宙才能滿足他的大胃口，
他在燈下看世界，
世界好大，
記憶中世界又縮得好小。

盧梭的好友第勞內曾說:「盧梭熱愛生活，所以他畫出來的人和風景都和生活分不開，一看就似曾相識。他的畫自然，他眼睛看到的、心裡想到的，全部毫無保留從畫筆傳到帆布上。」

畫家畢卡索非常欣賞盧梭，常常會買他的畫幫助他生活。

有一次，畢卡索在地攤上買到一張盧梭早期的畫，他高興的請了許多朋友來慶祝，盧梭最後才到，看見有那麼多人為他

而來，感動得說不出話來，只有拿起小提
琴，邊拉邊唱起〈克麗美思〉，這時，他
頭上燈籠裡的蠟燭滴滴滴的滴到他頭上，
滴成一頂尖尖的小蠟帽，大家看了全都笑
成一團。

阿波林耐爾喝得半醉，舉起酒杯念：

盧梭，記得你畫的阿茲特風景嗎？
林子裡有菠蘿、有芒果，
猴子吐出西瓜紅紅的血，
紅髮酋長躲在樹後，
紅紅太陽照在香蕉樹上。

阿波林耐爾笑著問盧梭：「這種風景拉佛沒有，巴黎沒有，只有墨西哥才有，盧梭，你去過墨西哥嗎？」

其實盧梭沒去過墨西哥，沒去過那些有奇風異俗的國家，也沒去過出產菠蘿、香蕉、西瓜的地方，更沒去過有猴子樹上晃、老虎、獅子地上怒吼的森林。他哪兒也沒去，老愛待在巴黎近郊、塞納河畔，但是他喜歡看旅行雜誌，喜歡看探險家的書，喜歡看風景明信片，喜歡看介紹野獸的書，他，還喜歡幻想。

他的朋友法爾說：「盧梭真是童心未泯啊！他沒有受過任何正式的訓練，完全都是照自己的意思、用自己發明的方法畫。他又看了很多書，使他可以雲遊四方。盧梭畫起畫來專心投入，他的畫非常清新，非常傑出，又一目了然到非常單純。他的

獅子的饗宴，約 1907 年，
油彩、畫布，113.7 ×
160cm，美國紐約大都會博
物館藏。

25

♪ 落日的叢林，1910 年，油彩、畫布，114 × 162.5cm，瑞士巴賽爾美術館藏。

心生活在幻想的天堂和奇妙的花園裡，那裡有一個純純的世界，裡面沒有紛爭，全是善良的人和動物。」

　　朋友眼中的盧梭，不但彬彬有禮，純真誠懇，有條有理，還輕鬆幽默呢，是個能和人和平共處的人。

踢足球的人，1908 年，油彩、畫布，100.3 × 80.3cm，美國紐約古金漢美術館藏。

盧梭是這樣畫的

從小，生活在窮困之中的盧梭就愛作夢、愛幻想，對這世界充滿了好奇，他常常拿著紙和筆四處去寫生，畫他周圍的人物、風景。

垂釣者，1908～
1909 年，油彩、
畫布，46×55cm，
法國巴黎橘園美
術館藏。

🎵 居尼耶老爺的二輪馬車，1908 年，油彩、畫布，97 × 129cm，法國巴黎橘園美術館藏。

　　盧梭常在鄉間河畔散步，欣賞太陽的紅，各種樹的綠，盛開花的五顏六色，他悄悄的對自己說：「這些風景，我要收為己有。」他要把這些屬於他心中的自然風景永遠留下，所以一張一張的畫，用他樸拙清新的方法畫，用他帶著孩子氣的方法畫，畫成他的風景，「這，是我的了！」

他在海關檢查站的老闆對他很好，給他一間有大玻璃窗的辦公室，從窗子望出去，風景美極了。工作不忙時，盧梭就在窗前畫，畫得非常投入。有一次，同事故意逗他，把一個死人骨架後面用一條繩子牽著站在他旁邊，他頭也沒回，以為有一個人站在那裡，就邊畫邊問：「你現在不忙嗎？」

♪ 有牛的風景，1895～1900 年，油彩、畫布，51×66cm，美國賓州費城美術館藏。

他的腦子一開始幻想，筆下就沒有什麼不可畫的東西了，對盧梭來說，近的、遠的、很遠的、沒看見過的、地上跑的、樹上爬的、天上飛的……都可以畫，他的原意是寫實，但一下筆他那種獨特的風味就出來了，別人想學都學不來。和他同時代的畫家，塞尚、莫內、雷諾瓦、高更、畢卡索一樣，他也努力追求一種純屬於自己的畫風。

盧梭把眼睛看到的，經過思索應該怎樣表達他內心的感受後，才細心的畫在帆布上，別人遠遠一看就知道「那是盧梭畫的，只有他才把人畫成那個樣子……」

盧梭喜歡畫風景，對所有的樹都仔細觀察，風吹樹動時，樹葉怎樣顫動？太陽照在樹上，葉子怎樣發光？葉子是一片一片，還是糾纏在一起？

在畫畫上，盧梭相當有信心，他敢突破，大膽照自己意思去畫。有一次畫原始森林裡老虎咬住水牛，畫得非常乾脆，就像小孩一樣坦白率真，但是看畫的人卻批評：「老虎咬水牛！這也能當畫嗎？真是莫名其妙。」他聽了從不放在心裡，他只為自己的興趣畫，不是為了討好觀眾才畫的，別人怎麼想，他只當耳邊風，「你們儘管

31

叢林中偷襲野牛的老虎，1908 年，油彩、畫布，170 × 189.5cm，美國俄亥俄州克利夫蘭美術館藏。

笑吧！總有一天你們會心服口服接受我的畫的。」盧梭深信那些讚美他畫的人是慧眼識英雄，至於批評他的人，是時機沒有成熟吧！

巴黎郊區和塞納河的碼頭是他畫畫最愛去的地方，在那一帶，他走破好幾雙鞋呢！他用筆匆匆記下染了夕陽紅的雲，飄在天上的熱氣球、飛機、河上的漁舟，各種橫跨河流的橋，一排排的樹，草原上的

♪沙布耳橋景，1908 年，油彩、畫布，81×100cm，俄羅斯莫斯科普希金美術館藏。

牛羊、工廠、農場、鄉間小路，山坡上的古堡，水路上的風車……，等回到畫室，才把這些蒐集的資料用油彩塗在帆布上。

他說：「還沒開始畫一張畫，我腦子裡已經有了這張畫的形象，但等我下筆，才愈畫愈投入，愈畫愈滿意，愈畫愈精彩，結果常常連自己都驚訝。」畫家雷諾瓦說：「我最喜歡看盧梭畫的風景，那麼簡單明瞭，那麼平和安祥，真想走進去躺在草地上，看天上像棉花糖一樣的浮雲飄動。」

瓶花，1909 年，油彩、畫布，45.4 × 32.7cm，美國紐約水牛城歐伯萊特—諾克斯畫廊藏。

比佛谷之春，1909 年，油彩、畫布，54.6×45.7cm，美國紐約大都會博物館藏。

♪ 弄蛇女，
1907 年，油
彩、畫布，
169 × 189.5
cm，法國巴
黎奧塞美術
館藏。

　　年紀大了以後，盧梭最喜歡逛植物園和動物園。

　　植物園溫室裡那些熱帶植物像傘、像扇子、像彩帶、像火箭、像花邊，還有許多奇花異草，也都讓人耳目一新。

　　動物園呢！更不用說了，獅子低吼著，老虎踱來踱去，大蛇吐著舌頭，鸚鵡呱呱的吵著，懶洋洋的猴子正躺在樹上發呆。看了這些，我們這位老天才又異想天開的作起熱帶夢了，就來畫原始森林裡住了毒蛇猛獸吧！想到這裡，他已經興奮得睡不著覺，興致勃勃，畫呀畫呀畫，畫了一連串充滿熱帶情調的畫。

　　盧梭畫的野獸全都自由自在、無拘無束，森林都是牠們的，牠們想做什麼就做什麼，可不像動物園困在籠子裡的野獸，整天躺著沒事做，一付無精打彩又病懨懨的模樣。

盧梭的畫

我本人：自畫像和風景

　　從這張畫中，可以明白看出盧梭是個有雄心的人，他很看重自己的社會地位，把自己畫得一表人才，頂天立地，和當時有名的政客一樣、臉上留著鬍子。當時一般畫家的自畫像只會畫自己坐在椅子上而已，但盧梭給自己畫的卻是全身肖像，那時只有出人頭地的人才會這麼畫。

　　還有從盧梭手上拿著的畫板，上面同時寫著他的兩位太太「克麗美思」和「約瑟芬」的名字，可以看出他是個很重感情的人。

　　把人物融入自然的風景中，是盧梭獨創的畫法。背景塞納河上的船插了英國國旗，又掛滿了航海用的彩色信號旗，船後有座煙囪林立的高樓和艾菲爾鐵塔。當時剛蓋好的艾菲爾鐵塔受到大家的指責，但

盧梭卻不管別人怎樣批評，勇敢的把它畫入畫中，他用畫來讚美科學的進步。

　　仔細看看在畫的天空中，看到熱氣球了嗎？這可是盧梭畫的第一個熱氣球，一般畫家都不會畫這玩意兒的，你說，盧梭是不是很有意思？

♪ 我本人：自畫像和風景，1890 年，油彩、畫布，143×110cm，捷克布拉格國家畫廊藏。

39

睡著的吉普賽女郎

盧梭自己形容這張畫說:「一個流浪的吉普賽女人,穿著東方式的條紋衣服,旁邊放著曼陀林和一瓶水,她實在太累了,睡得好香好香,一隻獅子剛好走過,嗅嗅她,但並沒吃她的意思。月光很有詩意,夜色籠罩著寸草不生光禿禿的沙漠。」

你或許會問:「哪有不吃人的獅子啊?」但這是所謂的「超寫實畫」,全憑想像,似真似幻。在盧梭「創造」的世界中,獅子和睡著的女人可以和平共處。

有人認為盧梭畫裡的吉普賽女人是暗示他自己:一個被忽略的音樂家,因為他會拉小提琴;至於獅子,盧梭在他的畫中一向尊重他們是保護萬獸的萬獸之王。

這張畫可說是盧梭最有創意、最耐人尋味的畫。畫中的獅子、吉普賽女人、曼陀林、天空、山丘安排得天衣無縫、出神入化,組合好得無話可說。仔細看,他把光線打在獅子和曼陀林上,妙不可言。這張畫只要看過一眼,就會令人永生難忘。

睡著的吉普賽女郎，1897 年，油彩、畫布，129.5 × 200.7cm，美國紐約現代美術館藏。

坐在石頭上的男孩

　　當時已小有名氣的盧梭，除了參加展覽之外，他也幫別人畫像。

　　小男孩的父母請盧梭為他們的寶貝兒子畫像，剛開始盧梭用皮尺去量孩子頭的大小、身高、腰圍，但他對怎樣在帆布上表達人體比例和遠近距離實在永遠都弄不清楚，所以一開始畫，他就把大小問題全部拋諸腦後，開始大大發揮想像力，無拘無束的畫。

　　你看他畫出來的男孩，是不是很怪？頭好像裝在衣服上，腰圍特別大，腿又特別粗，更莫名其妙的是把小男孩放在一堆像是月球上才會有、光禿禿的怪石頭上，還有那黑白對比的衣服，使那年紀小小的孩子看上去陰沉沉的，可以想像他的父母看見這肖像時多麼驚訝、多麼憤怒，他們氣得說不出話來，掉頭就走。

　　但如果從藝術的角度去看，這實在是幅很有創意的藝術品。盧梭敢把小孩、黑衣、怪石放在一起，猛一看，眼睛一亮，愈看愈有趣，能說他膽子不大嗎？他敢突破傳統，這需要多麼大的勇氣呀！

♫ 坐在石頭上的男孩，1895～1897 年，油彩、畫布，55.4×45.7cm，美國華
盛頓國家畫廊藏。

拿玩偶的小孩

拿玩偶的小孩，
約 1903 年，油
彩、畫布，100
× 81cm，瑞士
文特土博物館
藏。

抱洋娃娃的小孩

♪ 抱洋娃娃的小孩，約 1904～1905年，油彩、畫布，67 × 52cm，法國巴黎橘園美術館藏。

45

♪ 驚奇！，1891 年，油彩、畫布，129.8 × 161.9cm，英國倫敦國家畫廊藏。

驚　奇！

　　這是盧梭的第一張畫原始叢林和野獸的畫，他參考了許多探險雜誌和童書插圖才畫出這樣的畫，他畫得非常仔細，一片一片大大的葉子，連草的紋路也都畫了出來。

　　當時這張畫在獨立沙龍展出時，所有的人看了都和畫中的老虎一樣驚奇，甚至還有些人暗笑，從來沒看過一隻老虎僵硬的蹲伏在半空中，牠好像看到了什麼嚇人的東西，正猶疑不定，該跳上去還是逃之夭夭。

　　像這樣一隻大驚失色的老虎，恐怕只有盧梭才想像得出來，他說：「想想看，走在那植物長得水洩不通的樹林子裡，什麼可怕的事都可能發生，你能不害怕嗎？」盧梭把自己對從未去過的熱帶叢林的恐懼感，用倉皇失措的老虎表達出來。

　　這張畫一看就知道正是風雨交加之時，樹葉、草木都倒向一邊，閃電也暗示了未知的恐懼。

47

夢

這是盧梭最大的一幅畫，睡在沙發上的女人夢見她被運送到叢林裡，正聽巫師吹著曲子，這其實是暗示盧梭自己，躲在巴黎畫室，卻作著到遠方叢林探險的白日夢。

畫中女人叫雅德薇佳，是盧梭喜歡的一個波蘭女人。她在夢中發現自己處在一個擁擠的叢林中，大概是巫師笛子的聲音吸引了動物們前來，公獅、母獅、粉紅色的蛇、大象、兩隻鳥和猴子，這些動物都和平共處。叢林裡有著一排一排的植物，還有大朵大朵盛開著的花，連花心都露出來了，加上朦朧的月色，更增添了叢林的神祕感。

這幅畫展出來時，讚美聲不斷，盧梭已完全明白在藝術中什麼都是合理的，什麼都可以存在，只要是畫的時候感情發自內心，願意怎樣畫就怎樣畫。

這幅畫，盧梭詮釋得很有詩意：

淺淺的剛睡著
雅德薇佳作了個美夢

那笛聲悠揚，好心的巫師正吹著
月色照在　　花上　　綠樹上
紅蛇正聽著
樂器的快樂音調

夢，1910 年，油彩、畫布，204.5 × 298.5cm，美國紐約現代美術館藏。

盧梭的墓碑

　　一九一○年，盧梭離開了這個世界，享年六十六歲。阿波林耐爾為他寫了首詩刻在他的墓碑上：

　　我們來向你致敬，
　　溫和的盧梭請聽我們說
　　第勞尼、他太太、克福先生和我
　　讓我們的行李免費通過天堂的大門，
　　我們給你帶了刷子、油彩和帆布
　　這樣你就可以專心用你神聖的閒暇，
　　像你過去畫我一樣，
　　在真理之光下畫，畫那星星的臉

　　盧梭走了，但是他留給後世的人幾個問題：
　　一個過著簡單平凡日子的人，居然會變成舉世聞名的大畫家，這應該怎麼解釋呢？

♫ 自由女神邀請畫家參加第二十二屆獨立畫展，1906 年，油彩、畫布，175×118cm，日本東京國立近代美術館藏。

一個一個畫家，有男有女，腋下夾著畫，正一個接著一個走入展覽廳，中間是一隻大石獅子，獅子前面的地上有一張名單，上面印有盧梭等畫家的大名，展覽廳前面有一排神氣的樹。盧梭很愛法國，這是法國歡迎所有畫家參加的展覽會。

前來慶賀共和國的外國和平使者，1907 年，油彩、畫布，130 × 161cm，法國巴黎畢卡索博物館藏。

一個從未上過一天藝術學校的人，居然可以摸索創造出一種獨一無二的畫風，不是很奇怪嗎？

　　一個在巴黎近郊住了一輩子的人，居然可以畫出那些充滿異國情調的畫，這又怎麼解釋呢？

　　盧梭雖然從沒離開過小城，可是他的腦子卻從沒停過，他不像井底之蛙，以為天空很小，他的天空可大著呢！因為他看了許多旅行探險的雜誌，常常幻想著異國叢林，他畫出來的神祕兮兮、彩色繽紛、人獸一起的叢林，叫人百看不厭！

　　盧梭的生活雖然簡單樸素，可是他的思想卻奔放活潑，一刻不停，所以他才有精力不斷創造，他的畫愈畫愈好，愈畫愈熱鬧。

　　從小就喜歡畫畫的盧梭，他的父母並沒有鼓勵他或幫助他，全憑他自己孜孜不倦的學著，從不偷懶，所以一個人一旦發現自己喜歡什麼，就要努力朝著那個方向前進，一分耕耘一分收穫，努力永遠是不會白費的。

快樂的小丑，1906 年，油彩、畫布，145.7×113.3cm，美國賓州費城美術館藏。

盧梭　小檔案

1844 年	5 月 21 日，生於法國拉佛鎮。
1849 年	上小學，唱歌和繪畫表現優異，其他功課平平。
1852 年	父親破產，全家遷出老屋。自己一個人留在拉佛鎮親戚家。
1860 年	拉佛小學畢業，唱歌和繪畫拿到獎狀。
1863 年	當兵，在軍隊 5 年。
1868 年	父親逝世。
1869 年	娶克麗美思為妻。
1872 年	去海關做事。開始畫畫。
1889 年	第一任太太克麗美思過世，和她在一起的 20 年是他一生最快樂的時光。
1891 年	第一張熱帶叢林畫〈驚奇！〉展出，引起觀眾很大的驚駭。
1893 年	從海關退休，專心畫畫。遇到 20 歲的傑里，成為好友。
1894 年	展出〈戰爭〉，頗獲好評。
1899 年	娶約瑟芬為妻。
1900 年	參觀巴黎的世界博覽會，對墨西哥館、非洲館、亞洲館特別有興趣，對現代高科技非常崇拜。
1903 年	第二任太太約瑟芬去世。
1906 年	傑里介紹和偉大詩人阿波林耐爾認識，阿波林耐爾喜歡盧梭的畫，寫詩歌頌他。
1908 年	傑里介紹和畢卡索認識，兩人馬上成了好友。
1910 年	9 月 2 日去世，享年 66 歲。

藝術的風華・文字的靈動

 兒童文學叢書・藝術家系列

 第四屆人文類小太陽獎
2002 年兒童及少年圖書類金鼎獎

~ 帶領孩子親近二十位藝術巨匠的心靈點滴 ~

喬托	達文西	米開蘭基羅	拉斐爾	拉突爾
林布蘭	維梅爾	米勒	狄嘉	塞尚
羅丹	莫內	盧梭	高更	梵谷
孟克	羅特列克	康丁斯基	蒙德里安	克利